# JAMES GEORGE FRAZER

## SUR
# ERNEST RENAN

*PRÉCÉDÉ D'UN BUSTE DE L'AUTEUR*

*PAR*

*ANTOINE BOURDELLE*

PARIS
LIBRAIRIE ORIENTALISTE PAUL GEUTHNER
*13, RUE JACOB, VI*

1923

# SUR ERNEST RENAN

EXEMPLAIRE N° 811

JAMES GEORGE FRAZER

# SUR
# ERNEST RENAN

*PRÉCÉDÉ D'UN BUSTE DE L'AUTEUR*

*PAR*

*ANTOINE BOURDELLE*

PARIS

LIBRAIRIE ORIENTALISTE PAUL GEUTHNER

*13, RUE JACOB, VI*

—

1923

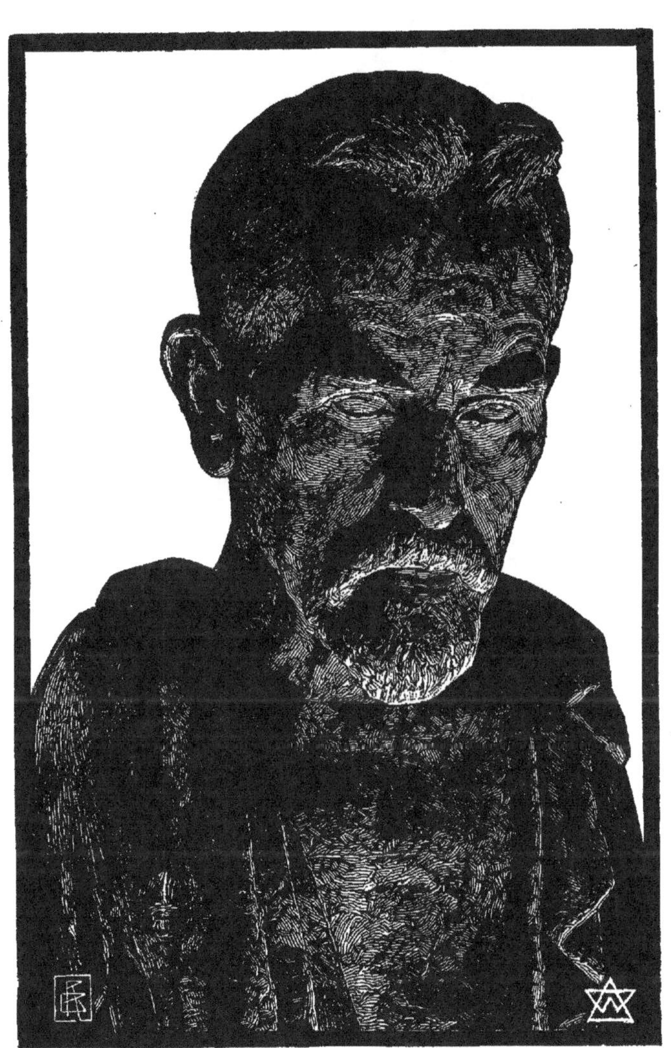

# PRÉFACE

CE petit volume réunit deux discours que j'ai eu l'honneur d'offrir en hommage à la mémoire d'Ernest Renan, à Paris. L'un a été prononcé à la Société Ernest Renan, au Louvre ; l'autre, à l'assemblée qui s'est réunie pour célébrer le centenaire de l'illustre savant dans le grand amphithéâtre de la Sorbonne, le 28 février 1923. Tous deux ont été écrits en français ; parlant d'un grand Français à ses compatriotes, je n'ai pas osé me servir de ma langue maternelle. Tous deux ont été écoutés avec indulgence, ce qui m'a encouragé à les soumettre au jugement des lecteurs français.

On m'a prié d'ajouter aux discours quelques mots de préface. Que dirai-je? Les discours, je l'espère, s'expliqueront d'eux-mêmes. Comme je l'ai déjà dit à la Sorbonne, je n'ai nullement la prétention d'analyser un génie aussi fin, aussi délicat, aussi nuancé que celui de Renan. Si pourtant j'ose revendiquer l'honneur de joindre mes hommages à ceux que le monde savant a rendus à sa mémoire, c'est peut-être en vertu de la sympathie que m'inspire une certaine communauté de race et de tempérament. Renan, en tant que Breton, était de ce vieux sang celtique qui coule aussi dans mes veines écossaises et qui comporte une façon d'envisager le monde très différente de celle qui caractérise et le génie purement français, et le génie purement anglais.

Le pur génie français est clair, logique,

plein de bon sens, très porté aux abstrac-
tions, aux idées générales, mais beaucoup moins enclin aux choses de la
fantaisie et de l'imagination, dont, au
fond, il se méfie. Il raisonne bien, il
construit facilement de grandes généra-
lisations, mais il ne réussit pas à doter
le monde de ces créations imaginatives
de tout premier ordre qui font les délices de toutes les générations et de
tous les pays. Il nous a donné un
Descartes, un Laplace, un Pasteur, mais
il lui manque un Homère, un Virgile, un
Dante, un Cervantès, un Shakespeare.
Au fond, c'est un esprit plutôt prosaïque
que poétique, plus fait pour découvrir
la vérité des choses que pour créer de
nouveaux idéals de beauté et de grandeur. Voltaire lui-même, type parfait du
génie français, a nettement déclaré que
de toutes les nations polies la France

est la moins poétique, et Renan a approuvé le mot *.

Un trait du génie français pur qui tient à son défaut de poésie est une indifférence marquée à l'égard des beautés de la nature, un manque de goût pour les plaisirs de la vie champêtre. Le Français de pur sang, au moins celui des classes intellectuelles, préfère la cité à la campagne ; ce qu'il lui faut, c'est surtout la société, la compagnie de gens avec lesquels il puisse échanger les idées dont pétille son esprit vif et alerte. La solitude et le silence des champs l'ennuient ; il lui tarde de les quitter pour le mouvement, le bruit, le tourbillon des grandes villes, des places publiques, des cafés, des théâtres où il peut entendre la voix de

---

* Voir Renan : *Essais de Morale et de Critique*, deuxième édition (Paris, 1860), p. 96.

ses semblables et faire écouter la sienne. En cela, comme en beaucoup de choses (on l'a souvent remarqué), le génie français ressemble, plus que celui de n'importe quel autre peuple moderne, au génie de la Grèce antique. Si l'on en peut juger par leur littérature, telle qu'elle était à l'époque de son plein épanouissement, les Grecs avaient très peu de goût pour la contemplation des beautés de la nature. A part quelques chœurs de Sophocle et d'Euripide, la description de beaux paysages ne tient presque aucune place dans l'œuvre des meilleurs auteurs, surtout des auteurs attiques, quoique le coup d'œil que l'on a de l'Acropole d'Athènes sur les champs gris-bleuâtres d'oliviers, les montagnes empourprées, l'azur éblouissant de la mer, soit sans doute un des plus beaux du monde. C'est seulement au temps de la décadence du génie grec que l'amour du pittoresque et le charme du monde extérieur commencent à poindre, par exemple dans les délicieuses idylles de Théocrite, dans les épigrammes exquises de l'Anthologie, dans les jolis tableaux de Philostrate. Le véritable sentiment attique à l'égard de la vie champêtre se révèle d'une façon éclatante dans les paroles que Platon prête à Socrate, en un passage célèbre du dialogue de *Phèdre,* où le philosophe avoue qu'il ne faisait pas de promenades à la campagne, mais demeurait toujours dans les murs de la cité, parce qu'il n'apprenait rien des arbres dans les champs mais beaucoup des hommes dans les rues. Néanmoins, dans ce même passage, Platon a décrit les beautés du paysage attique, vu par un jour ensoleillé d'été, d'une manière qui n'a jamais été surpassée dans aucune langue.

En lisant cette immortelle description,
on croit sentir la fraîcheur de l'ombre du
platane qui tamise la chaleur trop ardente
du soleil méridional, on croit jouir de
l'odeur du thym, entendre le bruisse-
ment des feuilles dans la brise, le bour-
donnement des abeilles dans les fleurs,
la note aiguë des cigales qui chantent
dans les buissons, et le murmure berceur
de la rivière qui coule sur les cailloux.
Mais c'est, je crois, le seul passage des
dialogues de Platon où le philosophe
se soit laissé entraîner pour quelques
instants par les charmes de la nature;
dans tout le reste de ses écrits, on ne
trouve que les joies austères de la dialec-
tique variées seulement par le jeu drama-
tique des personnages qui prennent part
aux discussions. Ces belles pages du
*Phèdre* suffiraient à prouver que si le
philosophe attique aux lèvres de miel a

gardé un silence presque absolu sur les beautés de son pays natal, ce n'était pas assurément faute de savoir goûter leurs délices, mais parce qu'il cédait aux charmes encore plus puissants de la vie purement intellectuelle.

C'est, me semble-t-il, une preuve de cette indifférence relative pour le monde extérieur que l'absence générale de mots désignant les couleurs dans le vocabulaire des auteurs grecs de la meilleure époque. Si cette observation est juste, on peut en tirer peut-être la conclusion que le génie grec était plus sensible à la beauté des formes qu'à la beauté des couleurs, et par conséquent qu'il excellait plutôt dans la sculpture que dans la peinture. Au contraire, le génie italien, si je ne me trompe, a le goût des couleurs encore plus vif que celui des formes. Aussi, dans les poètes latins, rencontre-t-on une grande richesse d'épithètes colorées ; et dans l'art italien de la Renaissance, hors l'œuvre de Michel-Ange, la peinture l'a-t-elle de beaucoup emporté sur la sculpture.

Ces observations tendent à marquer la profonde affinité qu'on peut relever, je crois, entre le génie grec et le génie français. Tous deux sont dominés par les besoins de la raison, par leur passion pour les idées abstraites, pour la logique, bref, pour le rationalisme. Tous deux sont peu sentimentaux, et se soucient assez peu des beautés du monde extérieur. Pour tous les deux, le grand intérêt de la vie humaine, c'est l'homme lui-même.

On ne peut lire Renan sans s'apercevoir qu'à côté de cette passion pour les idées abstraites, que certes il a partagée dans une large mesure avec les vieux maîtres de la littérature française, son esprit comprenait d'autres éléments qui ont beaucoup influé sur sa pensée et coloré son style. Il n'est pas téméraire, je crois, de prétendre que ces éléments, il les a dûs en grande partie à son sang celtique. Lui-même l'avoue. On peut même dire qu'il se glorifie d'être issu de cette race ancienne qui, refoulée par des peuples plus forts ou du moins plus aptes à survivre dans la lutte pour la vie, se cramponne encore aux promontoires et aux îles de l'extrême-ouest de l'Europe, comme au dernier asile de leur langue et de leurs coutumes qui meurent.

Dans le génie celtique, on trouve la clef de maintes caractéristiques de Renan, qui, autrement, resteraient des énigmes. Ces parages bretons, un peu mornes et sombres, ce ciel couvert et brumeux, ces côtes hérissées de rochers,

ces îles toujours battues par les flots
d'une mer orageuse, ces grandes solitudes et ces silences de la nature se
reflètent en quelque sorte dans les pages
de Renan et font un contraste frappant
avec le brouhaha de Paris, où l'auteur
a passé la majeure partie de sa vie. Ce
sont des paysages du même genre qui,
pendant des siècles, ont partout nourri
le génie celtique, parmi les falaises es-
carpées de la Cornouaille, parmi les
hautes montagnes et les beaux lacs du
pays de Galles, de l'Irlande et de
l'Écosse. De tels pays, où la nature, une
grande partie de l'année, se voile de
brouillards et se trempe de pluies, ont
quelque chose de mélancolique, de
triste, de mystérieux, qui se prête aux
rêves, au romantisme, à la religion.
C'est peut-être pourquoi le Celte est
toujours au fond rêveur, romantique,

religieux. Un pur rationaliste est-il jamais sorti d'une souche celtique pure? J'en doute. Laissé à lui-même, le Celte est beaucoup plus porté à créer des idoles qu'à les détruire. De ce fait témoignent les petites chapelles de saints, d'ailleurs inconnus, qu'en Bretagne on trouve parsemées partout, dans les landes, au milieu des rochers ou dans des terrains incultes et déserts. Si jamais la marée montante de scepticisme parvenait à submerger l'Europe, à étouffer le catholicisme et à chasser le pape du Vatican, je me demande si ce Saturne détrôné du Christianisme ne trouverait pas son dernier refuge dans Thulé, parmi les fidèles Celtes de Bretagne, d'Irlande, d'Écosse.

Les adversaires ecclésiastiques de Renan l'ont souvent traité comme un pur rationaliste, comme un simple iconoclaste, voire comme un Méphistophélès rusé et dissimulé qui se pare des atours d'un séraphin pour séduire les âmes simples des fidèles. Ils ont eu grand tort. De sa nature, Renan était profondément religieux ; en tant que Celte, il ne pouvait être autrement. S'il a brisé quelques-unes des images que, pendant de longs siècles, l'humanité a vénérées, il les a aimées néanmoins. Il sentait tout le charme, toute la tendresse qui s'attachent aux idoles que notre pauvre espèce humaine a si longtemps chéries comme des dieux ; il ne détruisait une vieille religion dépassée que pour rebâtir sur ses ruines une religion nouvelle plus vraie et plus belle. Ainsi s'explique ce qu'on peut appeler la double nature de Renan : son rationalisme et son romantisme. Sous la couche logique et philosophique de son être français, apparait une couche plus profonde, la couche poétique, mystique, religieuse de son être breton. C'était, pour ainsi dire, un Janus montrant d'un côté la figure de Voltaire et de l'autre, celle de Chateaubriand. Renan a franchement reconnu la complexité, voire les contradictions de sa nature. Il nous a dit qu'il y avait en lui deux hommes : un Gascon qui riait et un Breton qui pleurait. Si la gaieté de son tempérament tenait sans doute au sang gascon qu'il hérita de sa mère, on ne se trompe guère en pensant qu'au fond du cœur il resta toujours breton. C'est comme si, au milieu du tumulte de Paris, il s'était toujours souvenu de ce soir d'automne où, quittant sa chère Bretagne pour étudier dans la grande ville, il avait entendu pour la dernière fois les pieuses sonneries de l'Angélus se répondre de paroisse en paroisse,

rouler sur les collines familières, et
verser dans l'air quelque chose de calme,
de doux et de mélancolique, image de
la vie qu'il allait laisser derrière lui pour
toujours.

De cette double source, à la fois
française et bretonne, découlent non
seulement la variété et l'étendue de la
pensée et des sympathies de Renan, mais
aussi la richesse et le charme de son
style. A une limpidité d'expression tout
à fait française et classique, il a su joindre
une douceur, une souplesse, une har-
monie subtiles et indéfinissables, qui lui
sont propres, et qui, réunies, lui méritent
le nom de Chrysostome de la France.

Mon éditeur, M. Claude Aveline, a
désiré placer en tête de ce petit volume
une gravure d'après le buste que mon ami
Bourdelle a fait de moi l'année dernière

à Paris. J'ai cédé à son vœu, quoique jusqu'ici j'aie toujours refusé de mettre mon portrait dans le commerce. Si je m'écarte ainsi de ma règle, c'est moins, je crois, par vanité que par désir d'offrir à mes lecteurs quelque chose qui, par sa haute valeur artistique, pourra leur plaire, — et sans qu'il soit aucunement question de la ressemblance de l'image. Ce buste, je l'avoue, me paraît une œuvre d'art très belle et d'un style qui rappelle la sculpture grecque de la bonne époque. Idéaliste, mon ami Bourdelle a peut-être idéalisé et, en quelque sorte, transfiguré les traits un peu lourds de ma physionomie écossaise en me prêtant l'air d'un philosophe qui médite sur l'énigme de l'univers. Je ne sais si, en réalité, mon visage possède toute cette gravité, toute cette profondeur philosophique; mais, si le sculpteur avait réussi à saisir ma vraie pensée, à l'attraper, pour ainsi dire, à sa plus haute envolée, je serais heureux qu'après moi on gardât seulement ce portrait et qu'on détruisît tous les autres. En tout cas, ce beau buste à la figure pensive et rêveuse durera sans doute longtemps après que la tête qui lui a servi de modèle sera tombée en poussière. Et si jamais une lointaine postérité garde de moi un souvenir quelconque, ce sera peut-être celui d'un Écossais qui a inspiré à un sculpteur français la création d'un *κτῆμα εἰς αἰεί*, d'un bien qui ne saurait périr.

J. G. F.

Paris, le 3 mai 1923.

# ERNEST RENAN

## ET

## LA MÉTHODE

### DE L'HISTOIRE DES RELIGIONS

CONFÉRENCE FAITE A LA SOCIÉTÉ
ERNEST RENAN
— ÉCOLE DU LOUVRE —
LE SAMEDI XI DÉCEMBRE MCMXX.

Monsieur le Président,

Mesdames et Messieurs, Membres de
la Société Ernest Renan,

JE vous remercie du grand honneur que vous m'avez fait en m'invitant à cette séance et en me permettant de vous adresser quelques mots. D'abord il faut que je vous demande pardon si j'essaye de les balbutier en français. Le but de parler étant ou devant être de se faire comprendre, il me semble que je l'atteindrais mieux en vous débitant un français quelconque qu'en me servant de ma langue maternelle.

Mesdames et Messieurs,

Je suis heureux de saisir cette occasion de rendre mon hommage à la mémoire de l'illustre Ernest Renan, l'un des plus grands penseurs et des plus grands écrivains de la France. Je le fais avec d'autant plus d'empressement que depuis longtemps j'ai nourri une admiration tout à fait particulière pour lui et pour ses écrits. J'ose même dire que parmi vos grands écrivains il n'en est aucun avec lequel je me sente lié d'une sympathie aussi étroite et aussi profonde qu'avec Renan. Ce n'est pas seulement parce qu'il a traité les sujets qui m'intéressent le plus, mais parce qu'il les a traités d'une façon qui satisfait à la fois et mon esprit et mon cœur. C'est parce qu'il était de ces rares esprits qui ont su

unir le génie scientifique au génie littéraire, le goût pour la vérité au goût pour
la beauté. Dans presque tous les départements de la pensée humaine, la France
a eu des historiens et des critiques de
premier ordre ; dans l'histoire religieuse,
pour ne citer que deux noms, elle a eu
Voltaire et Renan. Voltaire avait une
intelligence claire comme le cristal, une
logique inflexible comme le fer, une
passion pour la vérité et la justice ardente
comme le feu. Il était en quelque sorte
le rationalisme personnifié. Mais à lui,
comme à la plupart des rationalistes, il
manquait quelque chose ; il lui manquait
cette tendresse et cette poésie qui nous
charment en Renan. Il me semble que
sans tendresse et sans poésie, on ne peut
vraiment comprendre l'esprit humain
et ses créations, soit en littérature, soit
en art, soit dans toute l'étendue de ses

activités multiformes et variées. C'est que l'homme n'est pas seulement une raison ambulante, un bipède calculant ; il a ses sentiments, ses émotions, ses passions et même d'ordinaire il se laisse dominer par elles beaucoup plus que par un froid calcul de ses intérêts personnels. Le grand défaut du rationalisme, c'est qu'en général il n'envisage pas ce côté de notre nature ; en s'occupant trop exclusivement de l'esprit humain, il a trop souvent oublié le cœur humain. Le rationalisme contemple la religion, pour ainsi dire, extérieurement ; Renan la sentait intérieurement ; car il a été croyant et s'il est sorti de l'Église, il est resté toujours lié à l'Église par une sympathie qui avait ses racines dans le fond même de son être. Une telle sympathie, née de sentiments et d'émotions plutôt que de pure raison, est indispensable à celui qui voudrait comprendre l'histoire non seulement de l'Église, mais de la religion en général. Sinon l'histoire religieuse reste une énigme plus insoluble que celle du Sphinx. Même pour les essors suprêmes de la pensée, il faut, en quelque sorte, l'ébranlement des émotions pour faire vibrer les cordes les plus profondes de notre être. Il me semble parfois qu'on ne se sent jamais si près des grandes vérités ou, comme dirait l'homme religieux, si près de Dieu, qu'en entendant une musique grave et solennelle, qui emporte la pensée, comme sur des ailes d'anges, vers des cimes qu'elle n'atteint pas dans la vie calme et ordinaire. Ainsi que tous les grands écrivains, Renan a souvent écrit sous l'impulsion de l'émotion. Dans sa prose harmonieuse et cadencée, on peut entendre comme les sons d'un orchestre qui joue en sourdine.

On a reproché à Renan* d'avoir présenté sa pensée, non pas dans une forme nette, précise, tranchée, mais toujours avec beaucoup de réserves, beaucoup de doutes, beaucoup d'hésitations, comme s'il avait de la peine à la dégager de l'amas des faits sur lesquels il l'appuyait. Mais vraiment, Messieurs, il me semble qu'un tel procédé mérite des louanges plutôt que des reproches. Rarement, peut-être jamais, la vérité est si claire, si simple, si évidente qu'on puisse

* Le reproche a été fait par Brunetière; voir Rémy de Gourmont : *Promenades Littéraires*, septième édition (Paris, 1916), p. 19. Comparer au contraire Renan : *Études d'Histoire religieuse*, septième édition (Paris, 1864), pp. III sq. " Le dogmatisme théologique nous a conduits à une idée si étroite de la vérité, que quiconque ne se pose pas en docteur irréfragable, risque de s'ôter à lui-même toute créance auprès des lecteurs. L'esprit scientifique, procédant par de délicates approximations, serrant peu à peu la vérité, modifiant sans cesse ses formules pour les amener à une expression de plus en plus rigoureuse, variant ses points de vue pour ne rien négliger dans l'infinie complexité des problèmes que présente cet univers, est en général peu compris et passe pour un aveu d'impuissance ou de versatilité. "

la résumer dans une phrase ou la renfermer dans une formule dogmatique. C'est en vain qu'on tâche de lui poser des bornes, de lui nouer des chaînes ; elle franchira les bornes, elle rompra les chaînes. C'est en vain qu'on tâche d'explorer toutes ses profondeurs par la sonde limitée de nos moyens, d'éclairer toutes ses hauteurs à la lumière blafarde de notre faible intelligence. Non, Messieurs, la vérité est infinie, et son infinité se soustraira toujours aux plus puissants efforts du génie humain qui voudrait la saisir et la comprendre. Mieux vaut donc reconnaître que ce que nous appelons la vérité n'est qu'une partie infiniment petite de la totalité ; mieux vaut avouer nos doutes, notre incertitude, notre ignorance, que de les cacher sous le manteau trompeur d'affirmations positives, d'assurances absolues. Non, Messieurs, le scepticisme a toujours raison, le dogmatisme a toujours tort ; car toujours les vérités humaines d'aujourd'hui deviennent les erreurs de demain. Donc, c'est une des gloires de Renan d'avoir pleinement reconnu ce qu'il y a d'incertain et de douteux même dans les choses qui, au vulgaire, paraissent des plus sûres, et des plus évidentes ; d'avoir saisi toutes ces nuances, toutes ces délicatesses, toutes ces pénombres, qui encadrent comme un nimbe la vérité, et qui se manifestent aux yeux du génie, mais se cachent et se dérobent aux sens obtus et émoussés de la grande foule. Le prophète voit les chariots et les chevaux de l'armée angélique dans le ciel où son serviteur ne voit que les nuages.

Renan a consacré sa vie à l'étude de

cette partie de l'histoire religieuse qui, pour nous tous, possède le plus vif intérêt, je veux dire l'étude de cette grande religion israélite, qui, renouvelée et transformée par le dernier et le plus illustre des prophètes, par Jésus-Christ, a conquis d'abord l'empire romain et ensuite toutes les nations civilisées de l'Europe et de l'Amérique. Cette histoire, pleine des épisodes les plus émouvants et des conséquences les plus graves, Renan l'a tracée à grands traits et de main de maître, depuis l'origine de la nation israélite jusqu'à l'époque où, sous le règne de Marc-Aurèle, le christianisme s'empara fermement de l'empire romain et commença à l'étrangler. Mais même les admirateurs les plus convaincus de Renan, parmi lesquels je me range, admettront volontiers que dans cette histoire magnifique et magistrale, le

grand maître a commis quelques erreurs
et a laissé quelques lacunes, et qu'il nous
incombe à nous autres, ses élèves, de
tâcher de corriger ces erreurs et de combler ces lacunes. La tâche nous est à la
fois imposée et aisée, et cela d'autant
plus que, dans les années écoulées depuis
la mort de Renan, la science a fait de
grands progrès, non seulement dans les
études religieuses en général, mais parti-
culièrement dans l'étude des antiquités
sémitiques. Les grandes fouilles baby-
loniennes, par exemple, pour ne parler
que d'elles, ont déjà retracé l'histoire de
la race et de la civilisation sémitiques
jusqu'à une époque si reculée que, comparé à elle, le peuple d'Israël semble
presque moderne. Mais ce n'est pas à
moi, qui ne suis pas assyriologue, de
vous parler de ces découvertes, si grandes
et si imposantes qu'elles soient. Dans

les quelques minutes que j'ai encore à ma disposition, je voudrais, avec votre permission, vous entretenir d'une autre discipline qui, si je ne me trompe, a fait, elle aussi, quelque progrès depuis la mort de Renan et qui peut combler les quelques lacunes qu'on peut remarquer dans son œuvre historique. Je parle de la méthode comparative, appliquée à l'étude des religions. Je sais bien, Mesdames et Messieurs, qu'il n'est nul besoin, à Paris, de prôner cette méthode comme si elle formait un évangile nouveau : ici, au Louvre, au Collège de France, à la Sorbonne, à l'École des Hautes Études, à l'École des Langues Orientales, au Musée Guimet, au Musée de Saint-Germain, vous avez des maîtres qui apprécient la haute importance de cette méthode et qui ont donné de beaux exemples de son application. Ce serait de ma part à la fois superflu et impertinent, que de désigner ces grands savants français. Leurs noms sont connus partout où l'on s'intéresse à ces études. Je n'ai donc nullement la présomption de prétendre que j'aie quelque chose de nouveau à vous apprendre. C'est en simple témoignage de mon profond respect pour la mémoire de Renan, que je vais vous offrir quelques remarques, comme une gerbe de fleurs éphémères déposée par la main d'un passant sur le tombeau de votre grand savant immortel.

Renan lui-même a bien compris la portée et la valeur de la méthode comparative, et il l'a appliquée à la linguistique dans son beau livre : *Histoire générale et Système comparé des Langues Sémitiques*, qui reste malheureusement inachevé ; mais il n'a pas essayé d'appliquer cette méthode d'une façon systématique à l'étude de l'histoire religieuse. La grande impulsion donnée à l'emploi de cette méthode dans l'histoire est venue de la biologie. La théorie de l'évolution animale, proposée par Darwin et appuyée sur une vaste étendue de connaissances et de comparaisons tirées de tous les départements des sciences naturelles, a démontré quel puissant instrument pour la découverte de la vérité peut être fourni à la science par la méthode comparative. Encouragés par son exemple, d'autres savants se sont hâtés d'appliquer à l'étude de l'homme intellectuel, moral, social, la même méthode que Darwin a appliquée principalement, mais non exclusivement, à l'étude de l'homme en tant qu'animal ; et ils étaient d'autant plus autorisés à faire ainsi, qu'en somme la méthode comparative ne diffère pas, en principe,

de la méthode par laquelle l'homme a
acquis toutes ses connaissances. Le véritable fondement de cette méthode appliquée à l'étude de l'homme a été signalé
par Renan avec l'instinct du génie dans
une phrase significative, quand il a dit
que, dans la grande marche de l'humanité, les hommes avancent, non pas tous
de front mais en échelons. En d'autres
termes, l'évolution de notre espèce n'a
pas été accomplie parallèlement, c'est-
à-dire au même degré de vitesse dans
toutes les races humaines. Il est vrai
que toutes les races qui existent de nos
jours, même les plus sauvages, ont fait
d'immenses progrès, en comparaison de
l'état purement animal d'où, d'après les
théories les plus probables, sont sortis
leurs ancêtres reculés. Mais tandis que
chez quelques races le progrès a été
relativement rapide, chez d'autres il a

été plus ou moins lent et tardif. Les premières, nous les appelons races civilisées ; les dernières, nous les appelons races non civilisées ou barbares ou sauvages. Mais il faut bien se garder, soit de traiter toutes les races non civilisées comme demeurant au même niveau de barbarie ou de sauvagerie, soit de considérer même les plus sauvages d'entre elles comme représentatives de l'humanité absolument primitives. Dans la longue échelle évolutionnaire qui s'élève du commencement de notre espèce jusqu'à notre époque, il est probable que les sauvages les plus arriérés de nos jours occupent une place plus proche du sommet que du pied de l'échelle. En effet, les diverses races humaines existantes sont échelonnées sur diverses étapes du grand progrès qui a amené l'humanité de ses origines les plus humbles jusqu'aux

hauteurs les plus éminentes de la civilisation. De plus il est probable que les
races les plus civilisées ont parcouru à
peu près toutes les étapes auxquelles les
races arriérées sont restées jusqu'ici. D'où
il découle qu'en rangeant les races d'a-
près l'état plus ou moins évolué de leurs
connaissances et de leurs mœurs, on ob-
tient un tableau de l'évolution humaine
en général. Ce tableau ne sera jamais tout
à fait complet, parce que l'état vraiment
primitif de notre espèce nous est inconnu
et nous restera inconnu probablement
pour toujours. Car les hommes vraiment
primitifs ont disparu de la terre il y a
longtemps, et les races même les plus
sauvages qui existent à présent sont toutes
très éloignées de l'état absolument primitif de l'humanité. J'insiste sur ce point,
parce que souvent on reproche aux anthropologues de traiter tous les sauvages

sans distinction comme de vrais primitifs,
et d'en tirer des conclusions très hasar-
dées sur les origines de l'homme et de
la société. Ce reproche, croyez-moi, est
foncièrement injuste. Les anthropologues
en général ne sont pas assez peu éclairés
pour commettre une telle absurdité. S'ils
désignent, comme ils en ont le droit, les
sauvages sous le nom de primitifs, c'est
qu'ils emploient le mot primitif dans
un sens relatif et non pas absolu, par
comparaison avec les races plus avancées.
Quant à moi, j'ai formellement déclaré
que sur l'homme absolument primitif je
ne sais rien, et que je ne compte rien
apprendre sur ce sujet de mon vivant.
Les idées, les croyances et les institutions
que j'appelle primitives, sont rudimentaires si nous les mettons en parallèle
avec celles de l'homme civilisé ; tandis
que si nous les comparons à celles de

l'homme primordial, elles indiquent sans exception un développement plus ou moins grand.

Avec cette réserve importante, nous pouvons dire que d'après les données de la méthode comparative, on peut suivre en ses grandes lignes l'évolution de la race humaine, non pas certes depuis son berceau, mais de son enfance jusqu'à son âge adulte. C'est en appliquant ces données à l'étude de la religion qu'on peut combler certaines lacunes et résoudre certains problèmes de l'histoire des grandes religions, qui, sans cette aide, resteraient toujours à combler et à résoudre. Car dans toutes les grandes religions, on trouve des survivances de croyances et de rites, qui ne s'expliquent que par comparaison avec les croyances et les rites plus rudimentaires, et qui, contrastées avec le caractère général des ces autres religions, nous frappent comme des reliques de la barbarie ou même de la sauvagerie. De telles survivances servent comme de bornes milliaires pour marquer des étapes intellectuelles et morales que les civilisés ont depuis longtemps dépassées.

Si l'on demande comment il se fait que ces survivances de barbarie aient persisté si longtemps au milieu de la civilisation, il ne suffit pas d'expliquer cette persistance par un simple instinct conservateur de la nature humaine. Il faut avouer que ces restes de sauvagerie persistent parce qu'ils répondent aux besoins intellectuels et moraux d'une grande partie des hommes, même dans les sociétés les plus civilisées. Car la loi du progrès formulée par Renan, d'après laquelle l'humanité avance, non pas de front mais en échelons, s'applique non seulement aux différentes races comparées les unes aux autres, mais également aux hommes de n'importe quelle race, à n'importe quelle époque. En dépit des formules égalitaires que les démocrates se piquent de prôner et de faire circuler de par le monde, les hommes ne sont pas égaux, ils ne l'ont jamais été, et ils ne le seront jamais. Seuls les petits esprits se croient les égaux de tout le monde ; il faut de la grandeur d'esprit pour reconnaître la supériorité des autres. S'il reste donc de la sauvagerie dans nos mœurs, dans nos idées, dans nos religions, c'est tout simplement parce qu'il reste des sauvages parmi nous, c'est-à-dire des gens qui, bien qu'ils s'efforcent de maintenir une apparence de civilisation, gardent néanmoins dans leur for intérieur des façons de penser et de sentir qui sont de tout point semblables à celles des sauvages. L'étude approfondie de ces survivances a démontré que sous la surface du monde civilisé, il subsiste une couche profonde de sauvagerie, une sauvagerie non pas morte, mais vivante et vivace, toujours en ébullition, toujours prête à crever l'écorce mince et fragile de la civilisation qui la réprime. Ce danger pour la civilisation est permanent, car il est fondé sur l'inégalité radicale et irréductible de la nature humaine. Renan lui-même l'aperçut et la signala. Ayant vu les magnifiques restes des temples grecs à Paestum, il a montré le contraste entre ces belles reliques d'une civilisation éteinte et la sauvagerie des paysans italiens modernes; et il a ajouté qu'il tremblait pour la civilisation, en voyant qu'elle reposait sur si peu de gens, même dans les pays où elle a le plus longtemps existé*. Hélas ! depuis que Renan a écrit ces mots, les évènements de notre temps n'ont que trop confirmé son sinistre présage. Si la civilisation reste encore debout dans l'Ouest de l'Europe, elle a été bouleversée par une éruption de sauvagerie dans l'Est. Heureusement, de tels bouleversements ne peuvent pas durer. Par sa supériorité intellectuelle et morale, l'homme civilisé a dompté les sauvages du dehors ; par sa supériorité intellectuelle et morale, il saura dompter les sauvages de l'intérieur.

Par ce que j'ai dit, vous pouvez comprendre, Mesdames et Messieurs, la grande importance que j'attache à l'étude des sauvages de toutes sortes, soit du dehors, soit de l'intérieur. Mais dans les

* Renan et Berthelot : *Correspondance* (Paris, 1898), pp. 15 sq.

temps où nous vivons, l'étude des sauvages du dehors est d'une importance encore plus haute et plus urgente que l'étude des sauvages vivants au sein de nos sociétés civilisées, parce qu'alors que nous aurons toujours, sans doute, de ces gens-là parmi nous, les vrais sauvages, refoulés par l'avance de notre civilisation, tendent de plus en plus à disparaître et à périr, voire à perdre toutes leurs anciennes croyances et habitudes, qui seules ont de la valeur pour l'histoire de l'humanité. Comme je l'ai exprimé ailleurs, les sauvages d'aujourd'hui sont comme des monuments historiques qui se délabrent et s'écroulent de jour en jour, et qui dans peu d'années ou bien n'existeront plus, ou du moins auront cessé de porter inscrite sur leur face une grande partie de l'histoire humaine. Hâtons-nous donc, Messieurs, d'étudier ces monuments, de copier ces inscriptions pendant qu'elles sont encore lisibles : la postérité nous accuserait de négligence coupable, si nous omettions de sauver pour ceux qui nous suivront ces archives si précieuses de notre commun passé.

Pour l'étude exacte et sérieuse des tribus sauvages qui gardent encore leurs mœurs peu entamées par la civilisation, il nous faut deux classes d'étudiants. D'abord, des observateurs, qui vivront parmi les sauvages, approfondiront leur pensée, observeront leurs coutumes avec soin, et enregistreront avec exactitude les résultats de leurs observations et de leurs recherches. Pour que de telles observations aient leur plus grande valeur scientifique, il faut que l'observateur connaisse le langage des indigènes parmi lesquels il vit, et qu'il puisse parler avec eux couramment dans leur propre langue, sans l'aide d'un interprète. Mais une telle connaissance des langues sauvages présuppose un assez long séjour parmi les tribus. C'est pourquoi les observations faites par de simples voyageurs ont en général très peu de valeur scientifique ; ne connaissant pas les langues et ne s'entretenant avec les indigènes que par l'intermédiaire d'un interprète, ils ne peuvent vraiment ni pénétrer l'âme de ces gens ni gagner leur confiance, de sorte qu'ils courent grand risque de se tromper et d'être trompés sur les questions les plus intimes et les plus importantes ; car le sauvage se méfie de tous les étrangers et n'ouvre pas son cœur au premier venu. Pour ces raisons, même les expéditions scientifiques envoyées exprès pour étudier des sauvages n'obtiennent pas toujours les meilleurs résultats, car rarement elles demeurent assez longuement parmi les tribus pour acquérir à la fois la confiance des indigènes et une connaissance exacte de leur langue. En général, les gens qui ont les plus grandes facilités pour étudier les sauvages sont les missionnaires, parce qu'ils consacrent souvent la meilleure partie de leur vie à cette œuvre et se donnent pour devoir d'apprendre la langue de leurs ouailles et de gagner leur confiance. Je suis heureux de constater que dans la littérature qui décrit la vie et la pensée des sauvages, nous devons un assez grand nombre de livres de premier ordre aux travaux soigneux et dévoués des missionnaires, soit catholiques, soit protestants.

Mais pour comprendre la vie et la pensée des tribus sauvages éparses dans le monde, il ne suffit pas de faire de simples observations, fussent-elles très soigneuses et très exactes. Il nous faut des étudiants qui recueilleront les observations envoyées de toutes les parties du monde, qui les compareront, et en tireront les conclusions qui s'imposent. Cette œuvre de comparaison, distincte de l'œuvre d'observation, constitue une partie essentielle des études anthropologiques; sans elle, notre connaissance de l'homme primitif resterait toujours fragmentaire et imparfaite. Même l'œuvre d'observation ne peut s'accomplir pleinement sans l'aide de l'œuvre de comparaison, qui dirigera ses efforts, attirera son attention sur des points nouveaux ou insuffisamment décrits, et expliquera beaucoup de choses qui autrement resteraient peut-être toujours obscures ou mal comprises. Car l'œuvre de comparaison doit être en même temps une œuvre d'interprétation, puisque beaucoup de faits qui, considérés en eux-mêmes, ne s'expliquent pas, admettent une explication facile du moment qu'on les compare à des faits analogues. Il faut ajouter que cette œuvre de comparaison et d'interprétation comporte toujours un élément de théorie et même de conjecture, parce que rarement nos interprétations de faits de ce genre atteignent un degré de certitude démonstrative. D'où ils s'ensuit que cette œuvre exige des qualités d'esprit assez différentes de celles qui suffisent pour une simple œuvre d'observation. Un bon observateur est parfois mauvais interprète et méchant théoricien ; et, d'autre part, un bon théoricien est souvent très mauvais observateur. La science de l'homme a besoin de tous les deux : pour la construction de son grand édifice, il faut des architectes aussi bien que des maçons ; ici comme ailleurs, le progrès se fait par une division de travail.

J'ai achevé ces quelques remarques sur la méthode comparative dans l'étude des phénomènes religieux. En vous les soumettant, j'ose espérer que dans la poursuite de la tâche que la Société Ernest Renan s'est donnée, elle usera quelquefois de cette méthode féconde et encore assez nouvelle, qu'elle ne se limitera pas à l'étude des grandes religions historiques, mais qu'elle étendra ses recherches jusqu'aux religions les plus humbles et les plus rudimentaires, parce que chez celles-ci on trouve pour ainsi dire le germe de ces systèmes grandioses de croyances et de rites qui ont si longtemps soutenu et si souvent égaré notre pauvre humanité dans son pénible progrès vers le bien et le vrai. Quoiqu'il en soit, je ne doute pas,

Messieurs, que vous ne poursuiviez votre but dans l'esprit de votre grand maître, un esprit non pas de dédain, mais de tendresse pour ces faiblesses humaines que nous partageons tous, un esprit plein d'admiration généreuse pour tout ce qu'il y a de bon et de beau même dans les systèmes que nous n'acceptons pas, et surtout en vous souvenant toujours de cette ignorance profonde et illimitée, qui nous impose le double devoir d'humilité et de charité.

En vous remerciant, Mesdames et Messieurs, pour la patience avec laquelle vous m'avez écouté, je veux en même temps m'acquitter d'une dette que depuis longtemps je dois à la mémoire de Renan. Dans ses belles *Études d'Histoire Religieuse*, il a consacré une étude spéciale à M. Feuerbach, un théologien allemand assez célèbre de son temps. Je dois vous avouer, Mesdames et Messieurs, que je n'ai pas lu les livres de M. Feuerbach et que je n'ai nulle intention de les lire. Les malheurs du jour me suffisent sans y ajouter la lecture d'une théologie allemande surannée. Mais voici en quels termes émouvants Renan s'exprime à l'égard de ce théologien aride et un peu revêche.

" Plût à Dieu que M. Feuerbach se fût plongé à des sources plus riches de vie que celles de son germanisme exclusif et hautain ! Ah ! si, assis sur les ruines du mont Palatin ou du mont Cœlius, il eût entendu le son des cloches éternelles se prolonger et mourir sur les collines désertes où fut Rome autrefois ; ou si, de la plage solitaire du Lido, il eût entendu le carillon de Saint-Marc expirer sur les lagunes ; s'il eût vu Assise et ses mystiques merveilles, sa double basilique et la grande légende du second Christ du moyen-âge tracée par le pinceau de Cimabue et de Giotto ; s'il se fût rassasié du regard long et doux des vierges du Pérugin, ou qu'à San-Domenico de Sienne il eût vu Sainte Catherine en extase, non, M. Feuerbach ne jetterait pas ainsi l'opprobre à une moitié de la poésie humaine, et ne s'exclamerait pas comme s'il voulait repousser loin de lui le fantôme d'Iscarioth ! "

Je ne sais, Mesdames et Messieurs, si ces belles paroles ont touché l'âme et attendri le cœur de feu M. Feuerbach ; mais elles m'ont suggéré l'idée de faire sonner les cloches éternelles de Rome à la fin de mon livre *Le Rameau d'Or*. En effet, j'ai fait entendre leurs pieuses sonneries à Némi à la tombée du soir comme le dernier soupir du jour et du dieu qui meurt. Malheureusement un ami très savant et un peu méticuleux m'a fait observer que vraiment à Némi on ne peut pas entendre les cloches de Rome, parce qu'elles sont trop éloignées. La vérité était indiscutable, et à regret, dans la dernière édition de mon livre, j'ai remplacé les cloches de Rome par les cloches d'Aricie. Mais le son de ces cloches se prolongeant et mourant à travers l'étendue vaste et morne de la Campagne, cela m'a été inspiré par Renan. Je voulais, il y a trente ans, lui écrire et lui rendre grâce de cette inspiration. Mais on m'a déconseillé de le faire, en disant que j'étais alors un jeune homme inconnu et que Renan était un grand homme au sommet de sa renommée littéraire. Je me suis donc abstenu, et parfois je l'ai regretté. C'est pourquoi, Mesdames et Messieurs, disciples et en quelque sorte héritiers de Renan, je vous ai fait cet aveu tardif; et si vous me permettiez un peu de fantaisie, j'oserais rendre ensemble mes grâces et mes hommages à son ombre auguste, qui, sortie pour quelques brefs instants du royaume des esprits et de la gloire, semble planer sur nous dans cette salle.

POUR LE CENTENAIRE

DE

ERNEST RENAN

ALLOCUTION PRONONCÉE AU GRAND
AMPHITHÉATRE DE LA SORBONNE, LE
MERCREDI XXVIII FÉVRIER MCMXXIII.

Monsieur le Président de la République,

Monsieur l'Administrateur du Collège

de France,

Monsieur le Recteur de l'Université,

Mesdames et Messieurs,

Je suis profondément touché de l'honneur qu'on m'a fait en m'invitant à prendre la parole en cette occasion solennelle et dans cette auguste assemblée, où se trouvent réunis les plus éminents représentants de la France.

Il ne m'appartient pas, à moi, étranger, devant un tel auditoire, de tâcher d'analyser et d'apprécier le génie de votre illustre savant Ernest Renan dans toutes ses manifestations si multiples, si variées, si saisissantes, si belles. Je ne prétends que joindre mes hommages personnels d'admiration et, j'ose dire, d'affection à ceux qu'aujourd'hui la France et le monde des savants apportent de partout à sa tombe.

S'il m'est permis de signaler un seul trait parmi tant d'autres, qui réunis caractérisaient ce génie si merveilleusement doué, ce serait la combinaison si complète, si harmonieuse de l'esprit littéraire avec l'esprit scientifique. Avec une clarté philosophique et une logique vraiment françaises, que ni la passion, ni le préjugé, ni l'amertume des controverses n'a jamais troublées, il possédait toute la sensibilité délicate, toute l'imagination chaude et tendre, toute la grâce exquise d'un grand écrivain ; et ces qualités, si belles et si rarement associées dans le même individu, comblées d'une sérénité de tempérament et d'une douceur de caractère sans pareilles, se reflétaient dans un style pur, limpide, harmonieux, qui coule comme une rivière, dont le courant paisible et miroitant offre les images les plus vraies, les plus variées et les plus ravissantes : tantôt de grandes cités et des fourmilières d'hommes affairés, tantôt des prés fleuris, des solitudes pastorales, des troupeaux broutant l'herbage sur les bords verdoyants, bref, les scènes les plus mouvementées et les plus tranquilles, les plus gaies et les plus tristes de cette grande tragi-comédie que nous appelons la vie humaine.

Grâce à cette combinaison de talents incomparable, Renan a su tracer pour nous et pour la postérité l'histoire de notre religion depuis ses humbles semences dans les déserts de l'Arabie jusqu'à la superbe éclosion de sa fleur dans les deux premiers siècles de notre ère. C'est un panorama et en quelque sorte une épopée qui se déroule devant nos yeux, une épopée infiniment plus grandiose et plus attachante que l'Iliade et que l'Odyssée, parce qu'il ne s'agit pas ici des destinées d'une seule cité ou d'un seul individu ; il s'agit des destinées d'une grande partie de l'humanité, voire la partie la plus progressive et la plus civilisée. Car on peut dire que notre civilisation dérive de trois sources primaires : de la religion de la Judée, de la philosophie de la Grèce, de la législation de Rome.

Du premier de ces trois grands éléments, qui composent encore aujourd'hui le fond de notre vie, Renan a voulu être l'historien et, j'ose dire, le poète ; sa grande histoire, sa grande épopée religieuse restera immortelle parmi les grandes créations du génie humain ; elle brillera comme une des plus pures étoiles de ce ciel où brillent et brilleront, tant que durera l'humanité sur la terre, toutes les gloires de la France.

TABLE

# TABLE

CE LIVRE A ÉTÉ ACHEVÉ D'IMPRIMER
PAR L'IMPRIMERIE SAINTE-CATHERINE,
A BRUGES, LE 20 SEPTEMBRE MCMXXIII,
EN CARACTÈRES OLD FACE. OUTRE LES
1550 EXEMPLAIRES MIS DANS LE COM-
MERCE, IL A ÉTÉ TIRÉ CXV EXEM-
PLAIRES, DONT V SUR PAPIER DU
JAPON, X SUR PAPIER DE HOLLANDE
ET C SUR PAPIER VÉLIN "MADAGASCAR",
NUMÉROTÉS DE I A CXV, POUR LES
AMIS DE L'AUTEUR ET DE L'ÉDITEUR.